KB070785

Beautiful Kiss

뷰티풀 키스

Beautiful Kiss

1판 1쇄 발행 2022년 4월 24일

저자 김진범

교정 윤혜원 **편집** 문서아
마케팅 박가영 **총괄** 신선미

펴낸곳 하움출판사 **펴낸이** 문현광

이메일 haum1000@naver.com **홈페이지** haum.kr
블로그 blog.naver.com/haum1000 **인스타그램** @haum1007

ISBN 979-11-6440-963-1 (03810)

Beautiful Kiss

뷰티풀 키스

Chapter 1

피곤한 어느 날

저녁 8시 팀 회식

"술이 들어간다 쭈욱 쭉쭉쭉, 쭈욱 쭉쭉쭉! 자, 원 샷 아니죠!
정답은 완 샷!"

"팀장님, 나이스! 한 잔 더, 한 잔 더!"

"그럼 여러분의 성화에 힘입어, 다시 한 잔 말아 볼까요? 다들 함께 달려 보자고~!"

 하루의 모든 스트레스를 알코올에 녹여 날려 버리고자 모인 동료들. 걷어 올린 와이셔츠 소매로 드러난 팔뚝의 근육은 세 손가락 끝마디에 위태로운 술잔을 놓치지 않으려고 연신 울끈불끈거린다.

 '퇴근 후의 밥 한잔'은 오늘도 어김없이 이어진다. 전쟁터 같은 사무실에서 모든 정열을 쏟았음에도 아직 불태울 활력이 남아 있다.

(새벽 1시)

 현관문 앞에 도착한 나는 복도를 가득 메운 진한 알코올 냄새를 느끼지 못하며, 흔들리는 몸 상태를 차분히 점검한다.

 '등에 딱 달라붙어 있어야 할 가죽 책가방은 잘 매달려 있음.
 비틀대지만 다리는 잘 서 있는 것 같음.
 손은 내 의지대로 움직이고 있음.
 따라서 오늘 나의 상태는 양호함.'

　이젠 현관문을 열고 들어가는 일만 남았다. 자고 있을 가족을 생각하니 최대한 조용히 열어야겠다. 최대한 섬세하고 조심스럽게 도어락의 버튼을 누른다.

'한 번에 성공하자!'

　삑삑삑삑삑삑삑 삐~~ 삑삑 삑삑 삑삑 삑삑 삑삑 삑삑 삑삑 삑삑

　틀렸다.
　이런~ 다시 천천히….

삑 삑 삑 삑 삑 삑 삐~~~ **위~~~잉 드러럭**
다행히 두 번만에 열었다.

현관문 너머 안쪽의 짙은 어두움은 수고했다며 나를 잡아당긴
다. 그리고 하루의 모든 긴장을 내려놓으려 하는 그 순간, 어둠
속에서 나를 향해 흰색의 무언가가 다가온다.

'귀신인가? 귀신이 바닥을 기어서 나에게 오는 건가?'

내 몸의 온갖 털이란 털은 일순간에 쭈뼛 서 버렸다.

Chapter 2

사춘기

며칠 전

"학교 다녀왔습니다."

학교를 마치고 집에 돌아온 두 아들이 건네는 인사다. 이 인사
에는 앞으로 장시간 방에서 두문불출할 것이니 찾지 말아 달라는

요청이 내포되어 있다.

사춘기에 접어든 중학생의 두 아들은 시간이 지날수록 방에 혼자 있는 시간이 길어졌고, 가족이 함께 모여 오손도손 이야기를 나누던 시간이 점점 추억으로 변해 간다.

내 앞에서 어리광부리던 아이는 하루가 다르게 자라나는 겨드랑이털과 코밑의 수염이 스트레스인 나이가 되었다. 옷을 갈아입을 때나 샤워할 때마다 문을 걸어 잠근다.

'이대로는 안 돼.'

화목했던 가족의 분위기를 되살려야 한다는 절실함을 느끼고 있던 어느 주말 저녁, 우리 가족은 오랜만에 식당의 테이블에 둘러앉았다.

"아들들, 요즘 방에 있는 시간이 많은 것 같아. 어떻게 생각해?"
"공부하느라 그래요. 학교 숙제가 많아요."
"아! 그렇구나. 그런데 요즘 우리 가족이 만나면 함께 나눌 수 있는 주제가 너무 없는 것 같아. 너희들도 그러니?"

"네, 사실 딱히 무슨 이야기를 해야 할지 잘 모르겠어요."

첫째의 솔직한 답변이 대화의 물꼬를 튼다.

"음, 너희들이 사춘기여서 그런 것 같은데… 어떻게 하면 전처럼 많은 이야기를 하며 즐겁게 지낼 수 있을까?"

돌직구를 날렸다.

"아빠, 강아지를 키우자. 강아지를 키우면 우리도 거실에 나와 있는 시간이 많을 거고, 산책을 시킬 때도 함께 나갈 수 있잖아."

어릴 때부터 강아지를 키우고 싶어 했던 둘째는 이때가 기회임을 알아차린다.

"오, 좋은 생각. 그럼 강아지를 키우자. 아빠는 프렌치불도그!"

사춘기 시절부터 나의 로망이었던 프렌치불도그 이야기를 조심스럽게 꺼내 본다.

"안 돼, 너무 못생겼어. 난 예쁘게 생긴 작은 푸들이면 좋겠어. 불도그는 안 돼!"

옆에서 잠자코 듣고 있던 와이프가 본인의 주장을 강하게 어필한다. '이런….' 나는 순간 형성된 대립각에 둘째를 바라보며 눈빛으로 지원을 요청한다. 그러나,

"여기서 정하지 말고, 가서 보고 결정해."

둘째는 진지한 고민도 없이 짧고 간결한 의견으로 대립각을 종식한다. 그리고 이때, 잠자코 있던 첫째가 젓가락을 내려놓는다.

"저는 반대입니다. 강아지 털… 생각만 해도 간지러워요. 저는

분명히 반대라고 얘기했으니까 나중에 똥 치워라, 산책 다녀와라, 밥 줘라… 그런 소리는 하지 말아 주세요. 저는 못 합니다."

첫째의 어퍼컷! 사실 털 알레르기가 조금 있어 이해는 된다. 그렇지만, 지금 이 순간 날린 한 방은 향후 강아지로 인해 발생할 수 있는 모든 이슈에 대한 면책권을 부여받는 강력함이 있다. 다 된 밥에 재를 뿌린 형의 배신에 둘째는 얼굴이 붉으락푸르락한다.

Chapter 3

메이와의 첫 만남

"형은 신경 쓰지 마. 아빠 내가 다 할게. 형은 원래 동물 싫어했으니까… 내가 하면 돼."

둘째는 형에 대한 복수는 잠시 미루고, 반려견을 키울 수 있는다 잡은 기회를 놓치지 않는다.

"자, 그럼 결정됐으니까 지금 숍으로 가 볼까?"
"야호~~!"

나는 쇠뿔도 당긴 김에 빼렸다고 바로 실천으로 옮긴다. 둘째는 환호성을 질렀고, 첫째는 입가에 살짝 미소를 띤다. 와이프는 반려견까지 키워야 하는 가사 부담감에 벌써부터 즐겁지 않다.

숍으로 가는 동안 룰루랄라 아이들의 입에서 즐거움이 터져 나온다. 그 덕에 와이프도 조금 마음을 풀며 즐거워한다. 나는 조용히 와이프의 손을 잡아 본다. 그리고 '꽉' 힘을 주었다.

"아! 아파…."

와이프는 울 듯한 얼굴로 얼른 손을 뺐고, 웃는 나를 향해 매서운 눈초리를 날린다.

숍에 들어선 우리 가족의 눈엔 유독 한 마리의 강아지만 보인다. 높은 곳에 품위 있게 앉아 있는 흰색의 강아지. 누군가가 코를

밀어 넣었는지 구겨진 코가 눈 가까이 달라붙어 있는 게 우습다.

귀는 쫑긋하게 서 있어 토끼인 것 같기도 하다. 눈은 동그랗고 까맣고 크다. 속눈썹이 아름답다. 다리는 짧아서 배가 땅에 닿을 듯 말 듯하다. 꼬리는 자른 게 아닌 것 같은데 없다.

'그래, 이게 바로 프렌치불도그지!'

우리 가족은 만장일치로 이 강아지를 분양받기로 했다. 나는 와이프의 마음이 바뀌기 전에 얼른 지갑을 열어 거래를 마무리한다.

집에 오자마자 우리 가족은 모두 강아지를 중심으로 모여 앉았
다. 강아지도 오랫동안 사람의 사랑을 못 받았는지 우리를 잘 따
른다. 바닥에 오줌을 누었는데, 닦아 내는 둘째의 얼굴엔 웃음이
가득하다. 배변 패드 밖에다 오줌을 싸도 그저 예쁘단다.

"아빠, 우리 이 강아지 뭐라고 불러?"

둘째가 내가 무엇을 해야 하는지를 일깨워 준다.
"아, 그렇지! 이름을 지어야지. 뭐라고 하면 좋을까?"

백구, 이쁜이, 심천이, 공주, 시월이 등등… 암컷에게 어울리는 많은 이름이 나온다.

"메이 어때? 메이뉘의 메이. 여기가 중국이니까 중국어로 이름을 지어 주자."

나의 기발한 아이디어는 바로 가족의 동의를 끌어내는 듯했다.

"메이는 안 돼. 메이에는 없다라는 의미도 있잖아."
"중국에서는 메이뉘가 예쁜 여자라는 뜻이잖아. 메이가 아름답다, 예쁘다는 뜻이고…. 동음이의어가 얼마나 많은데 그걸 다 따지냐?"

와이프는 메이라는 이름이 '없다'라는 뜻의 중국어 '메이요우'와 발음이 같아서 영 못마땅한 모양이다. 그러나 나의 굽힐 줄 모르는 외고집으로 결국 와이프는 항복을 선언한다. 그래서 이 예쁜 강아지는 메이가 되었다.

Chapter 4

메이에게 자유를

다시 피곤한 어느 날

쭈뼛 서 버린 내 온몸의 털은 메이가 냄새를 맡을 때 내는 '킁 킁' 소리에 홀가분히 가라앉는다. 짙은 어두움 속에서 나타난 메

이는 내 발의 냄새를 맡고 있다. 메이가 온 지 곧 한 달. 그런데 아직도 메이와의 생활이 익숙하지 않다. 그만큼 내가 매일 늦게 집에 들어온 탓이기도 하다.

오늘은 메이가 더없이 예뻐 보여, 오랜만에 번쩍 안아 메이의 눈을 똑바로 쳐다본다. 그런데 메이의 눈이 뭔가 슬퍼 보인다. 나의 부성애를 깨워버릴 정도로….

"메이야, 너 어디 아파? 왜 그래?"

메이는 현관문 쪽으로 나를 자꾸 유인한다. 그리고 필사적으로 나가자고 보챈다.

'쉬가 마렵구나…. 그래. 피곤해 죽겠지만, 나에게 달려와 주는 메이를 위해 잠시 산책을 다녀오자.'

이미 반쯤 내려와 있는 눈꺼풀을 최대한 들어 올리며, 나는 메이 목에 목줄을 채우고 엘리베이터에 탄다. 엘리베이터 안에서 메이는 곳곳에 코를 처박고 '킁킁'인지 '꿀꿀'인지 정체 모를 소리를 끊임없이 낸다. '꿀꿀'로 들릴 때는 영락 없이 아기 돼지이다.

새벽 1시가 넘은 시내는 조용하다. 지나다니는 차도 없고, 사람도 없다. 젊었을 때, 와이프와 종종 데이트하던 그 시간이 갑자기 그리워지면서, 메이가 사람이 아닌 게 무척 아쉽다.

몇 걸음 만에 백화점 앞 광장에 다다랐다. 넓은 공터에 존재하는 것은 나와 메이뿐. 순간 달리고 싶은 메이는, 나의 손목으로 강한 에너지를 전달한다. 나는 줄을 놓치지 않기 위해 메이를 쫓아 달리기 시작한다.

"헉! 헉! 헉!"

술을 잔뜩 마신 다음, 새벽에 반려견을 데리고 뛰는 사람이 몇이나 있을까. 나는 곧 숨이 차고 혈압이 올라 생명의 위협이 느껴진다. 그러나 지구 한 바퀴도 뛰고 올 기세인 메이는 더 뛰고 싶다.

"그래, 메이야. 너 뛰고 싶은 만큼 뛰어라…. 아빠가 보고 있을게."

나는 메이의 목줄을 과감하게 풀어 주었다. 잠시지만 자유를 주었다. 마음껏 뛸 수 있는 자유를!

Chapter 5

구속의 시작

자유를 얻은 메이는 이리저리 원하는 만큼 원하는 곳으로 자유
분방하게 뛴다. 가끔 나를 힐끔 보면서 나의 위치도 살핀다.

"역시 명견은 다르군…."

프렌치불도그에 대한 남다른 애정에서 신뢰는 더욱 굳게 변한
다. 열심히 뛰는 메이가 냄새를 다시 맡는다. 이 신호는 곧 몸 밖
으로 뭔가가 나온다는 것이고, 나는 얼른 봉투 하나를 준비해서
대기해야 한다.

　어김없이 메이 몸 밖으로 나온 물체에서는 뜨거운 김이 모락모락 난다. 나는 봉투에 손을 넣고 아직 메이의 체온이 그대로인 덩어리를 집어 들며 메이를 본다. 몸까지 가벼워진 메이는 더 빨리, 더 멀리 뛴다.

　쓰레기통을 찾으니 광장 안 저 멀리 노란색 통 하나가 보인다. 혹시나 술에 취해 비틀대어 쓰러질까 나는 그 통으로만 시선을 집중시켜 속보로 걷는다. 무사히 도착하여 봉투를 투척하고, 나는 메이를 찾는다.

　"메이야, 집에 가자. 아빠 힘들다. 이젠 가야 해…."

순간 나의 직감은 큰 문제가 발생하였음을 인지하고, 온몸의
털들을 뻗쳐 세운다. 새벽에 두 번을 서고 있는 털들은 경련을 일
으킨다. 그리고 이 문제는 평생 나를 구속하여 괴롭히리라는 것
도 느껴진다.

Chapter 6

사라진 메이

"메이야, 너 어디 있어!"

"메이야!"

난 미친 듯이 메이를 불렀다. 조금 전까지도 옆에 있던 메이는 아무리 찾아도 보이지 않는다. 아직 내 오른손엔 메이의 체온이 그대로 남아 있다. 아무도 없는 백화점을 몇 번이나 둘러보아도 보이지 않고, 혹시 차에 치였나 싶어 차도를 보아도 아무것도 없다.

'도대체 어디 간 거지?'

혹시 몰래카메라 이벤트처럼 어디 숨어서 이런 나를 보고 웃고 있나 싶어 작은 구멍이란 구멍은 모두 들여다본다.

그렇게 한 시간을 찾아 헤매다 보니 벌써 새벽 2시 30분. 이렇게 찾는 것은 무의미하다는 것을 알아차린 나는, 잘 움직이지 않는 다리로 터벅터벅 집으로 들어간다.

　조금 전 메이가 코를 박고 냄새를 맡던 그 엘리베이터 안 거울엔 나와 내 손에 들린 목줄만 보인다. 안방에 들어가니 와이프는 세상모르고 곤히 잠을 자고 있다.

　"영, 영…. 일어나 봐."

　영은 내가 와이프를 부르는 애칭이다.

　"왜요? 왔으면 얼른 자. 나 깨우지 말고…."
　"그게 아니라, 메이를 잃어버린 것 같아…."

"무슨 말이야. 메이는 거실에서 잘 자고 있어요. 술 많이 마셨나 보네. 빨리 자…. 그리고 술 좀 그만 마셔."

"그게 아니라 메이를 데리고 나갔는데 메이가 없어졌어."

"이 새벽에 메이를 왜 데리고 나가. 그게 말이 돼? 이젠 술주정까지 하네. 나 귀찮게 하지 말고 빨리 자. 내일 얘기해, 내일."

나는 와이프 옆에 누워 천장을 바라본다. 낯선 곳에서 낯선 사람에게 해코지나 당하는 것은 아닌지 생각하니, 뜨거운 눈물 한 방울이 눈 옆으로 흘러내린다.

'큰일 났다!'

Chapter 7

메이를 찾아라

"범… 범… 범!"

범은 와이프가 나를 부르는 애칭이다. 범을 삼 연발로 불렀다는 것은 와이프가 꽤 긴박한 상황에 맞닥뜨렸다는 뜻이다. 뜬눈으로 아침을 맞이할 것 같았지만, 내가 잠깐 잠이 들었던 모양이다.

"범, 메이 어디 있어? 새벽에 그 말이 술주정이 아니었던 거야?"

"응, 내가 얘기했는데 영이 계속 자라고만 해서…."

"미쳤어? 메이를 왜 데리고 나가!"

와이프는 본인이 할 수 있는 수준에서의 최악의 막말을 나에게 퍼부어 댄다.

"찾아와. 무슨 수를 써서라도 빨리 찾아와!"

단호한 어투, 명확한 미션을 내린 와이프에게는 한 줌의 양보, 구원, 자비도 없다. 14억 이상이 사는 대륙에서 잃어버린, 건전지가 필요 없는 네 발 달린 생명체를 대체 어디서 어떻게 찾아야 한단 말인가.

막막하기가 끝이 없을 때, 한 가닥의 아이디어가 전광석화처럼 뇌리를 때리고 지나간다.

'아, 맞다. 모든 구매자는 구매 후 문제가 생기면 판매자를 찾지?'
난 숍으로 전화를 한다.
"안녕하세요. 저 메이 아빠입니다."
"아, 네네! 아버님, 메이는 잘 있죠? 건강하죠?"
"네네…. 음… 근데…."
"왜요? 메이 어디 아픈가요?"

　도저히 말이 안 나온다. 와이프에게 청혼할 때도 이만큼 어렵지는 않았다. 그러나 와이프의 성난 얼굴을 생각하며 어렵게 입을 떼 본다.

　"아, 그게요…. 제가 메이에게 자유를 주었거든요? 근데 메이가 없어졌어요."

　사장은 잘못 들은 것처럼 되물었다.

　"메이에게 뭘 주었다고요? 자유요? 그게 뭔데요?"
　"말 그대로 자유요…. 제가 새벽에 목줄을 풀어 주었거든요. 자유를 주려고요…."

　사장의 분노는 전화기 속 거친 숨소리로 그대로 전달되고 있다.

Chapter 8

전단

전화기 속 사장은 잠시 숨을 고른다. 그리고 나를 진정시키려고 한다.

"일단 어디서 몇 시에 잃어버렸는지 알려 주시면 그쪽으로 우리 직원 보내겠습니다. 우리 직원 중 제일 일을 잘하는 베테랑 직원이 있는데, 그 친구 보내 드릴게요. 그곳에서 봬요. 그리고 너무 걱정하지 마세요. 찾을 수 있을 거예요."

(약 2시간 후)

메이를 잃어버린 장소로 직원 세 명이 찾아왔다. 그리고 각자의 손에는 전단이 들려 있다. 그중 한 장을 받아서 살펴보니 메이의 사진과 잃어버린 시간 및 장소 그리고 메이가 가진 신체적 특

징 등이 자세히 적혀 있었다. 그리고 각기 다른 곳을 거점으로 잡고 지나다니는 행인들에게 나누어 주기 시작한다.

'이게 도대체 무슨 상황이지?'

나는 어안이 벙벙하여 우두커니 서 있다. 이렇게까지 성의를 보일 줄 몰랐던 나는, 정말이지 사랑에는 국경이 없음을 다시 믿기 시작한다.

전단을 거의 다 나누어 줄 무렵, 세 명 중 한 명이 경찰서에 가서 신고하자고 제안한다. 사장이 말한 그 베테랑 직원인가 보다.

나와 와이프는 그 직원을 따라 경찰서로 향한다. 경찰서로 가는 차 안에서도 창밖으로 보이는 모든 강아지를 눈여겨본다.

'메이야, 인제 그만 장난하고 나와라. 제발⋯.'

Chapter 9

돌진 앞으로

경찰서의 느낌은 언제나 차갑다. 왜 한국에서는 민중의 지팡이라고까지 했는지 알 것 같다. 직원은 나와 와이프에게 사무실 안의자에 앉아 있으라고 한다. 그리고 담당 경찰에게 새벽부터 있던 일들을 자세히 설명한다.

경찰은 얘기를 들으면서 한심하다고 생각했는지 나를 흘끗흘끗 쳐다보며 비웃는 것만 같다. 그럴 때마다 와이프는 화를 숨기지 못하는 나를 보며 눈을 부릅뜨고 내 화를 잠재운다.

'완전 죄인이구먼. 죄인이야…'

어제의 술로 속이 찢어지는 것 같은데도 술 한잔이 간절하다.

중국인보다 더 중국어를 잘할 순 없기에, 나를 비하하든 말든 직원만 믿고 기다려 보기로 했지만, 생각보다 한참을 앉아 있자니 나도 뭔가 해야 할 것 같은 생각이 든다.

옆에 앉은 와이프를 보니, 세상 이보다 더 슬픈 표정일 순 없다. 그리고 가끔 눈물도 보인다. 와이프를 이리 슬프게 만든 나 자신이 너무 한심하고, 그런 나에게 화가 난다.

직원은 경찰과 한참을 얘기하고 나서 우리와 함께 나란히 자리에 앉았다. 그 이후로 한 시간은 지난 것 같다. 그 사이 우리에게 설명해 주는 경찰 한 명이 없다.

경찰관에게 한마디 하고 싶었던 나는 엉덩이를 의자에 가만히 두지 못하고 앉았다 일어났다를 반복했다. 숍 직원은 그런 나를 보며 그냥 가만히 앉아 있으라고 말리기만 한다.

그리고 한 시간이 더 지났다.

그동안 경찰서엔 여러 명이 잃어버린 물건을 찾기 위해 침통한 표정으로 들어왔다. 그리고 경찰들은 그들의 물건을 한시라도 빨리 찾아 주기 위해 혈안이 되어 움직인다.

그들은 30분 정도 후 잃어버린 물건을 되찾았고 나를 한번 쳐다본 후 즐거운 마음으로 빠져나간다. 그들이 잃어버렸던 물건은 핸드폰이다.

나는 더 이상 참을 수 없다. 나도 이 지긋지긋한 경찰서에서 빨리 빠져나가고 싶다. 나는 경찰관들이 일하는 영역 앞으로 성큼 성큼 걸어 나간다.

돌진! 앞으로!

Chapter 10

Endless

"당신들 말이야! 다른 사람들 핸드폰은 그렇게 열심히 찾아 주면서, 왜 우리 메이는 지금까지 못 찾고 있습니까? 우리 메이는 저 핸드폰보다도 비싸고, 우리 가족이란 말입니다. 당신들은 가족이 없어져도 이렇게 태연할 수 있습니까? 가족이 핸드폰보다도 소중한가요? 그렇습니까?"

나의 목소리는 점점 고조되고, 어느덧 눈시울이 뜨거워진다. 외국인이라고 차별을 받는 것 같기도 해서 서러움도 느껴진다. 한국이었다면 이렇게 몇 시간 동안 의자에 앉아서 기다리는 일은 없었을 것 같다는 나만의 확신도 갖는다. 그러니 더 서글퍼진다.

나의 일장 연설이 끝나기도 전에 경찰관들이 모두 나를 주목한다. 그리고 어떤 이는 도끼눈을 뜨고 나를 똑바로 바라보고 있다.

'밀리면 안 돼!'

나 또한 나의 작은 눈을 최대한 크게 뜨고 그들을 주시한다.

"당신 지금 뭐라 그랬소? 가족? 당신 잃어버린 게 **개**요, **사람**이오?"

순간, 난 깨달았다. 그들이 나를 주시하는 것은 외국인이라서도 아니요, 내 목소리가 커서도 아니요, 내 눈시울이 붉어져서도 아니다. 이유는 딱 하나. 내 입에서 가족이라는 단어가 나왔기 때문이다.

"잃어버린 것은 **개**가 맞습니다. 하지만 저에겐 가족입니다."

나의 입에서 개라는 단어가 나온 그 순간, 그 많은 경찰관은 다시 자기 할 일을 한다.

아무런 성과도 없이 괜히 나갔다가, 아무 소득 없이 돌아오는 내 꼴이 너무 우습고 창피하다. 그런 모습으로 원래 내 자리인 직원과 와이프 사이에 조용히 앉았다. 직원은 내 어깨를 다독이며 힘내라고 한다.

그리고 잠시 후, 담당 경찰관이 우리에게 온다. 표정엔 좋은 소식이 없음이 딱 쓰여 있다.

"내일 다시 오시는 게 좋을 것 같습니다. 오늘은 못 찾았습니다."

지친 우리는 힘없이 축 늘어진 어깨를 챙겨서 집으로 향한다.

Chapter 11

삼 교 대

둘째 날이 밝았다.

와이프는 밤새 울었는지 눈이 붕어처럼 퉁퉁 부어 있다. 두 아들은 나에 대한 실망감으로 아무 말 없이 등교한다.

'이 집안 분위기 어쩔꼬….'

가장으로서 이 문제를 빨리 해결해야 한다는 것은 알겠으나, 구체적으로 어떻게 해야 할지는 모르겠다. 평소에 제아무리 든든한 남편이자 아빠여도 이런 상황은 처음이었으니까 말이다.

'그래, 지금 내가 기댈 수 있는 곳은 경찰뿐이다.'

나는 다시 꿈과 희망을 안고 경찰서로 차를 몰았다. 경찰서 사무실에 들어가니 어제 내가 몇 시간을 앉았던 그 자리에 누군가가 앉아 있다. 침통한 표정으로.

'딱 봐도 자세가 풀어져 있는 게 오래 앉아 있었구먼. 저기 오래 앉아 있으면 심각한 건데. 불쌍하네….'

내가 누굴 걱정할 때는 아닌 것 같지만, 어제의 그 힘들었던 시간이 아직 채 가시지 않았다.

메이 소식을 물어보기 위해 사무실을 둘러본 순간 까무러칠 뻔했다. 안에서 일하는 경찰들은 어제의 그 경찰들이 아니다. 나나 경찰이나 세상에 태어나 서로를 처음 본다.

'어제 그 많던 경찰들 다 어디 갔지? 내가 잘못 들어왔나?'

나는 다시 사무실을 나가 입구부터 다시 천천히 둘러보았다.

'분명 여기가 맞는데…. 어떻게 된 거지?'

내가 어물쩍거리고 있는데, 어느 한 경찰관이 다가와 친절하게 말을 붙인다.

"어떻게 오셨나요?"
"네, 제가 어제 잃어버린 강아지를 찾으려고 여기서 한참 기다렸거든요. 그런데 어제는 못 찾을 것 같다고 오늘 다시 오라고 해서 왔는데…."

당황한 나는 어안이 벙벙하다.

"아, 그러시군요. 저희가 삼 교대로 일을 해서, 어제 그분들은 오늘 휴무세요. 모레 나오십니다."
"아, 그래요? 제가 그걸 몰랐네요."

당연히 어제 있던 경찰들이 있을 거로 생각했던 나는 새로운 사람들로부터 낯섦을 다시 느낀다. 그리고 경찰관의 요청으로 어제의 일들을 다시 처음부터 차근차근 설명하는데, 평상시에 중국어 공부를 소홀히 했던 기억이 주마등처럼 스쳐 지나며 미친 듯이 후회가 밀려온다.

"네, 이제 알겠습니다. 잠시 저기 의자에 가서 앉아 계세요. 저희가 찾아보고 알려 드리겠습니다."

경찰관은 어제의 그 의자를 또 가리킨다. 들어올 때 보았던, 침통한 표정을 짓고 있는 사람 옆에 앉아 열심히 일하는 경찰들을 함께 바라본다.

'아니 어제 그 난리가 있었는데 인수인계도 안 된 거야? 어떻게 어제의 일을 조금도 모를 수 있지?'

잘되면 내 탓, 안되면 남 탓이라 했던가? 생각하면 할수록 속이 부글부글 끓어오른다.

나를 할 말 없게 만든 삼 교대…. 삼 교대의 무서움을 처음 느껴 본다.

Chapter 12

잠겨 버린 아들의 방 그리고 오늘의 성과

그렇게 딱딱한 의자에 방치된 지 두 시간쯤 지났을 때였다.

"저희가 어제 잃어버리셨다는 장소에서부터 근처 감시 카메라를 확인했는데 개는 보이지 않습니다. 아무래도 시간이 오래 걸릴 것 같아요. 오늘은 그냥 돌아가시는 것이 좋을 것 같습니다. 찾으면 연락드리겠습니다."

뭔가를 해 본 것이 맞는지 모르겠지만 일단 돌아가라고 한다. 집에 가까워질수록 식구들의 얼굴이 눈앞에 어른거린다. 역시나 현관문이 열리고 발을 들여놓기도 전에 둘째가 달려 나온다.

"아빠! 메이 찾았어?"
"아니, 경찰관들이 열심히 찾고 있더라고. 아빠가 가서 빨리 찾아 달라고 얘기했어."

둘째는 그대로 등을 돌리더니 방으로 들어가 문을 잠근다. 메이가 오기 전엔 그래도 방문을 잠그지는 않았던 아들이다. 상황의 심각성이 날로 커진다. 사람들이 왜 그렇게 타임머신을 갈구하는지 처음으로 진지하게 이해가 된다.

'시간을 돌리도….'

다음날 다시 경찰서를 찾는다. 찾으면 연락을 줄 테니 집에서 기다리라고 했던 경찰관의 요청에 대한 반항이다.

"집에서 기다리시라고 했는데 오늘 또 오셨네요?"

"어제 그렇게 집에 가서 아들에게 못 찾았다고 하니 아이가 문을 잠가 버렸습니다."

경찰관은 피식 웃는다. 남의 속도 모르고 말이다.

"오늘은 진전이 있나요? 뭐 좀 찾았나요?"
"아니요, 아직 찾은 것은 없습니다. 밤이라서 잘 보이지도 않고, 어디로 갔는지도 몰라서 힘드네요."
"네, 그렇군요. 그럼 내일 다시 오겠습니다."

경찰관은 오지 말라고 해도 올 것 같았는지 나를 불러 세운다.

"다음에 오시면 사건번호를 말씀하세요. 그러면 여기 경찰들이 바로 압니다."

매일 같이 찾아와 경찰에게 강아지 잃어버려서 왔다고 이야기하는 내가 안쓰러웠나 보다.

"그래요? 그럼 아주 편하겠네요. 번호가 어떻게 되나요?"
"사건번호는 2019xxxx입니다. 적어 가세요."

오늘의 성과다.

Chapter 13

메이의 털

아들의 방은 쉽사리 열리지 않는다. 그 후 매일같이 경찰서를 찾아갔었고, 결과는 항상 같다.

"집에서 기다리세요."

어느 날 퇴근 후 집에 오니 와이프가 나를 조용히 부른다.

"법, 이게 뭔지 알겠어?"

와이프의 손바닥 위에 흰색 실 같은 것이 있다. 길이는 약 1cm. 직감적으로 메이의 털일 거라고 생각은 들지만, 답을 맞히고 싶지 않다.

"이게 뭔데?"

"으이구! 딱 보면 모르냐. 메이 털이잖아."

"메이 털? 근데 이게 왜?"

"오늘 둘째가 학교에 가서 수업 중에 노트북을 열었는데, 노트북 키패드 사이에 이게 끼어 있었대. 순간 눈물이 날 뻔해서 천장을 쳐다보고 간신히 참았대. 그리고 이 털을 주머니에 넣어 와서는 나한테 보여 주더라."

"둘째는 지금 어디 있어?"

"자기 방에 들어가서 문 걸어 잠그고 안 나와. 그냥 둬…."

나는 찢어지는 가슴을 부여잡고 그대로 집에서 나와 숍 사장에게 전화한다. 의지할 곳이라곤 숍 사장밖에 없다.

"네, 여보세요."
"사장님, 안녕하세요. 저 메이 아빠입니다."

통화하는 것 자체가 겸연쩍고 민망하다.

"아, 네…. 안녕하세요. 메이는 아직이죠? 저희 직원도 메일 경
찰서에 확인하고 있어요."
"아, 이렇게 신경 써 주셔서 정말 감사합니다. 지금 전화를 드
린 이유는 둘째가 오늘…."

나는 와이프에게 들은 이야기를 숍 사장에게 전달했다. 숍 사
장도 매우 안타까워하며, 뭐든 도와주겠다고 한다.

"사장님, 그래서 저희 강아지 한 마리 더 분양받을까 봐요. 메
이가 꼭 돌아오겠지만, 빈자리가 너무 커요. 아무도 그 자리를 메
울 수 없어 보입니다."
"그것도 좋은 방법이네요. 마침 숍에 길에서 발견한 프렌치불
도그 수컷이 있는데, 어떠세요?"

순간 길에서 발견된 프렌치불도그라는 말에 그 아이가 우리 메이 아니냐고 묻고 싶었다. 그러나 전단까지 만들었던 숍 사장이 메이를 분간하지 못할 리 없다. 게다가 메이는 암컷이니까.

"어떤 강아지인지 불쌍하네요. 그런데 우리 집이 너무 좁아요. 메이가 돌아오면 프렌치불도그를 두 마리나 감당하지 못할 것 같아요. 그래서 작은 푸들이면 좋겠어요. 메이가 여자니까 남자아이로요."

처음에 와이프가 키우고 싶었던 강아지이다. 작고 예쁜….

"여기 있는 수컷 너무 잘생겼어요. 메이는 이쁜 암컷이니 잘 지낼 것 같은데요…. 나중에 새끼도 낳으면 얼마나 예쁠까요?"
"새끼야 예쁘겠지만, 저에게 프렌치불도그는 메이 하나뿐이라서요."
"그래요, 무슨 말씀인지 알겠습니다. 저희가 찾아보고 연락드릴게요."
"네, 감사합니다."

짧지 않았던 통화를 끝내고, 나는 내일 아침이 빨리 오길 기다린다. 경찰서에 가서 좀 따져 보아야 할 것 같다.

Chapter 14

드디어 찾은 영상 속의 메이

아침부터 경찰서로 향하는 나의 발에 힘이 실린다. 전장에 나가는 장수처럼 박력이 느껴진다.

"오늘도 오셨군요. 어제도 못 찾았습니다. 찾으려고 애는 쓰는데….."

"저기요, 지금까지 수사하신 것 좀 봅시다. 뭘 어떻게 찾아봤는지 내가 좀 알아야겠습니다."

나는 경찰관의 말이 끝나기도 전에 말을 잘라먹는다.

"아, 그게…. 저희 상급자에게 물어봐야 합니다."

"그럼 가서 물어보세요. 난 여기서 기다리겠습니다. 저 의자에 앉아 있으면 되지요?"

늘 앉던 의자, 앉기 싫은 그 의자에 내가 자처해서 앉아 버린
다. 20분 정도 시간이 흐른 후, 경찰관은 나를 부른다.

"따라오세요."

경찰관은 나를 부르더니 어느 컴퓨터 앞에 세운다.

"지금부턴 어떠한 카메라 촬영도 안 됩니다. 동의하시죠?"
"네, 동의합니다."

경찰관은 비밀번호가 걸린 컴퓨터에 암호를 쳐넣는다. 그러자
모니터에 전원이 공급되면서 화면이 밝아진다. 늘 보던 윈도즈
바탕 화면, 거기서 어느 동영상 하나를 재생한다.

화질은 깨끗하지 않지만, 화면 속에 있는 사람이 무엇을 하는
지는 쉽게 알 수 있다. 스쿠터에 탄 사람이 스쿠터에 달린 박스에
메이를 안아 넣으려 한다. 박스에 들어가기 싫은 메이는 온몸으
로 저항을 한다. 그러자 그 사람은 메이를 스쿠터 앞쪽, 발을 놓
는 데 얹어 놓고 그대로 달린다.

"이 화면은 메이를 잃어버린 지점을 비추던 아파트의 CCTV

영상입니다. 그래서 화질이 안 좋습니다."

그리고 다음 파일을 재생한다. 아까보다 화질이 깨끗하고 일단 밝다. 새벽 시간인데도 대낮처럼 선명하고 분명하다. 메이는 스쿠터에 실려 어디론가 가고 있다.

그리고 스쿠터를 운전하는 그 사람의 얼굴은 매우 또렷하게 보인다. 마치 지금 내 눈앞에 있는 것처럼. 이 사람 때문에 나는 죄인 취급을 받고 있고, 메이는 집 밖에서 개고생하고 있을 거란 생각을 하니 분해서 심장이 터질 것 같이 아프다.

"아니, 이렇게 선명하게 사람이 찍혔는데 왜 아직도 못 찾은 건 가요?"

"이 동영상을 확보하는 데 시간이 오래 걸렸어요. 오늘내일쯤 이 사람을 찾아 경찰서로 소환할 예정입니다. 메이를 찾을 수 있을 거예요. 너무 걱정하지 마세요."

처음으로 듣는 경찰관의 따뜻한 말 한마디…. 화면 속, 낯선 사람에게 붙잡혀 난생처음으로 스쿠터를 타고 가는 메이의 모습을 보니 미간이 뜨거워지는 것만 같다.

Chapter 15

살아만 있어 다오

좋은 소식을 들은 나는 평소와는 달리 힘차게 현관문을 열고 집에 들어갔다.

"아빠 왔다."

방에서 있던 아들은 나의 희망찬 목소리를 바로 알아차리고 달려 나온다.

"아빠! 메이 찾았어?"

"응, 찾았어. 근데 CCTV만 확인했고 아직 데려오지는 못했어."

"누가 데려갔어? 어디로 갔어?"

"어떤 스쿠터를 타는 사람이 데려갔어. 그리고 경찰들이 그 사람을 찾아올 거야."

"아빠, 그럼 그 사람 감옥 가지? 우리 메이 납치했으니까 감옥 가는 거지?"

"그럼! 잘못했으면 감옥에 가는 게 당연하지."

나는 오랜만에 아이에게 확신에 찬 답을 내놓는다. 아들도 내일이면 메이를 만날 수 있다고 생각했는지 방문을 닫지는 않는다.

(다음날)

경찰서 앞에 도착한 나는 빈손으로 온 게 후회가 된다. 메이가 제일 좋아하던 간식을 챙겨야겠다고 생각했지만, 깜빡하고 그대로 두고 와 버렸다. 다시 만나면 간식을 주면서 미안하다고 말하고 싶었는데 말이다.

"경찰관님, 안녕하세요. 좋은 아침입니다."

왠지 분위기가 싸하다. 왠지 나를 피하는 것만 같은 눈빛들. 순간 나는 해서는 안 될 생각을 한다.

'이거 뭐지? 당연히 살아 있을 거로 생각한 내가 틀린 건가?'

상상하기조차 싫은 일들이 자꾸만 생각이 난다. 그리고 그게 사실이라면?

"이리로 들어오시죠."

경찰관 한 명이 나를 어제의 그 모니터 앞으로 데려간다. 나는 어떠한 장면이 나오더라도 절대 흥분하지 않겠다고 스스로 다짐을 하며, 곧 내 눈앞에 나올 장면이 가족에게 절대 얘기할 수 없는 그런 내용만 아니기를 기도한다.

'꼴깍'

내 목젖에서 침 넘어가는 소리가 주위의 침묵을 깨운다.

Chapter 16

타투

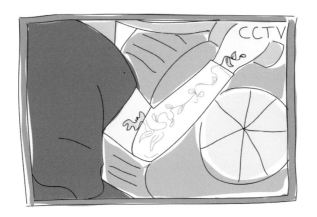

"자, 여기 보이시죠?"

어제 본 두 번째 동영상이다. 메이가 스쿠터 앞에 타고 갔던 영상.

"네, 잘 보입니다."

"그리고 여기, 타투 보이시나요?"

경찰이 짚은 곳은 스쿠터 운전사의 오른쪽 손목이다.

"네, 보입니다. 손목뿐만이 아니라 오른쪽 팔 전체에 타투가 있네요?"

"네, 맞습니다. 토시를 착용해서 손목만 보이는 거죠."

"그런데 이 타투가 무슨 의미가 있나요?"

"저희가 이 영상 속의 사람을 찾았습니다. 그런데 팔에 타투가 없어요. 분명히 AI에서는 동일인으로 나오는데 타투가 없으니… 이거야, 원."

"타투는 지울 수도 있는 것 아닌가요? 요즘 샤워하면 지워지는 타투도 있다던데요."

"그렇죠. 그래서 저희가 이 사람에게도 물어보고 이 사람의 주위 사람들에게도 물어보았는데, 이 사람은 개를 싫어한다고 합니다. 무서워한다네요."

"그래서요?"

"수소문해 본 결과, 이 사람은 아니라고 판단했습니다. 아무래도 당사자를 다시 찾아야 할 것 같네요."

아들에게 호언장담하고 온 나는 순간 피가 거꾸로 솟는다. 이
때 내 핸드폰에서 끊이지 않는 진농이 시작된다. 핸드폰을 열어
보니 여러 장의 사진이 오고 있다.

Chapter 17

사진 속의 상견례

 핸드폰으로 받은 사진 속에는 아주 작은 검은색 푸들 강아지가 있다. 똘망똘망하게 생긴 것이 아주 이쁘다. 지난번에 부탁했던 일을 잊지 않고, 수소문해서 예쁜 강아지 사진을 보낸 것이었다. 나는 검은 푸들 사진을 보며 무거운 마음으로 집을 향해 발걸음을 돌렸다.

"아빠! 메이 데리고 왔어? 오늘 찾았지?"

  기대하는 아들의 표정에 무엇이라도 말해 줘야 할 것 같지만,
죽었다가 깨어나도 오늘 경찰서에서 들은 이야기를 할 수는 없
다.

  "오늘 경찰들이 갔는데 그 사람을 못 찾았대. 그래서 시간을 좀
더 달라네."

  순간, 아들의 눈은 영락없이 슬프다.

  "아들, 이리 와 봐."
  "왜?"

  "아빠가 보여 줄 게 있어. 자, 이거 봐."
  "뭔데…?"

  아들은 사진 속의 강아지를 유심히 쳐다본다.

"얘는 누군데?"

"메이가 돌아오면 심심할 것 같지 않냐? 아무래도 메이가 함께 집에 있을 친구가 있으면 좋을 것 같아서. 그래서 아빠가 숍 사장에게 부탁했는데, 이렇게 사진이 왔어. 예쁘면 오라고 할까?"

"강아지는 진짜 예쁘네. 엄마가 그렇게 해도 된대?"

난 이미 와이프에게 상의해 놓은 터라, 와이프는 천사 같은 눈빛으로 아들에게 예스를 날린다.

"아빠, 이 강아지 언제 온대?"

"아빠가 오늘 확정하면 일주일 정도 걸린대."

"그럼 빨리 오라고 해. 그리고 메이도 빨리…."

아들은 조용히 자기 방으로 다시 들어간다.

새로운 강아지에 대한 기대감 그리고 메이에 대한 그리움으로 일주일이 또 흘렀다.

Chapter 18

할아버지의 선물

어느덧 3주라는 시간이 흘렀다. 지난 3주 동안 정말 열심히 메이를 찾아다녔고, 경찰서도 이젠 내 집처럼 편하다.

'오늘을 마지막으로 가자…. 아니지, 아니지! 메이를 찾을 때까지 계속 와 봐야지, 무슨 생각을 하는 거야?'

내 마음속에는 악마와 천사가 존재한다. 그런데 문제는 어떤 게 악마이고 어떤 게 천사인지 모르겠다.

경찰서 사무실로 막 들어서려는데, 입구에 경찰복을 입은 어느 할아버지 한 분이 의자에 기대어 앉아 맑은 하늘을 보며 담배를 태우고 있다.

'누구지?'

 그렇게 여러 번 왔던 경찰서인데 처음 보는 사람이다. 방문객
은 나인데, 그 경찰 할아버지가 불청객인 것 같다. 가까이 가보니
경찰 유니폼은 맞는데, 상의의 단추가 풀어져 흰색 속옷이 일부
보인다.

 양쪽 어깨에 달린 빛나는 금속은 지금까지 보았던 사람들의 것
과 모양이 다르다. 잘 모르는 사람이 보아도 급이 높다. 하지만
뿜어져 나오는 포스는 경찰보다는 시인이다.

 직급이 높은 사람에게 말하면 조금 달라질까 생각했지만, 일면

식도 없는 사이라서 아무런 의미가 없을 것 같았다. 결국, 오늘은 저 사람을 거쳐서 경찰서에 들어가기를 포기했다.

'그래, 하루는 쉬어야지….'

나 자신을 위로하며 뒤로 돌아서려는 순간, 그분이 말을 건다.

"왜 왔소?"
"아, 예…. 안녕하세요. 제가 강아지를 잃어버렸거든요. 그래서…."

지겹다. 이 사실을 경찰서에서 설명한 게 도대체 몇 번째란 말인가? 하지만 내가 얘기를 시작하려고 하기도 전에 이 할아버지는 이미 모든 걸 알고 있다.

"아, 그거. 집에 가서 기다려요. 괜히 힘들게 오지 말고."

그러나 기대도 잠시… 역시 나에게 돌아온 것은 같은 말뿐이다. 아마도 경찰관 대응 매뉴얼 한 페이지 한 줄에 쓰여 있지 않을까 싶다. 기대와는 다른 말에 다소 실망해서 집으로 돌아서려는데, 순간 온몸에 소름이 확 돈다.

"나도 강아지를 키우고 있어서 그 심정 내가 잘 알아. 집에 가 있어."

달려가 그 할아버지 바짓가랑이라도 잡고 엉엉 울고 싶다. 우리 메이 좀 제발 찾아 달라고….

Chapter 19

희소식

할아버지와 헤어지고 집으로 가는 내내 왠지 오늘은 뭔가가 될 것 같은 긍정적인 기운이 마구 느껴진다. 그리고 그때, 숍에서 전화가 온다.

"네, 여보세요."
"안녕하세요, 여기 숍이에요. 지난번 보여 드린 작은 강아지 푸들이 지금 왔어요. 오셔서 보시고 마음에 드시면 데려가세요."
"아, 그래요? 알겠습니다. 집에 들렀다가 바로 갈게요."

집에 도착해서는 숍에 푸들이 온 사실을 가족에게 알렸다. 둘째는 좋지도 싫지도 않은 표정이고, 와이프는 나 혼자 다녀오라고 한다. 가면 울 것 같다고.

첫째는 강아지가 또 오냐며, 메이가 돌아오면 두 마리가 되는

데 두 마리가 정말 끝이냐고 묻는다. 세 마리 되고 네 마리 되는 것 아니냐는 질문이다.

결국, 나는 둘째만 차에 태우고 숍으로 향했다. 차 안에서도 둘째는 말이 없다. 메이에 대한 그리움과 새로 만날 푸들을 향한 기대감이 공존한다.

숍까지 반 정도 갔을 때, 다시 숍에서 전화가 온다. 아마도 빨리 오라는 독촉이지 싶다.

"네, 저 지금 가고 있습니다. 15분 후면 도착해요."

"아뇨, 그게 아니라 좋은 소식이 있어요!"

"네? 무슨 좋은 소식이요?"

"지금 메이가 이리로 오고 있어요. 메이 찾았답니다!"

"정말로요? 아니 어떻게…!"

나는 순간 정신이 번쩍 들어 너무 좋아하지 않기로 한다. 확신에 차서 말해 주는 숍 사장에겐 미안하지만, 지금까지 믿었다 실망한 적이 어디 한두 번인가…. 그리고 지금 내 옆에 아들이 있다.

이어폰으로 전화를 받았던 터라, 옆에 아들은 아무것도 듣지 못했다. 아들에게 이 사실을 말해야 하나 고민하던 중 난 이야기를 안 하는 방향으로 선택한다.

'봤는데 아닐 수도 있으니까….'

스스로 흥분을 컨트롤하기 위해 애써 침착하지만, 오늘 경찰서에서 만났던 그 할아버지 경찰관이 자꾸 생각난다.

그리고 생각하면 할수록, 이번엔 왠지 진짜일 것 같다는 확신이 갈수록 커진다.

재회

숍에 도착한 나는 바로 사장에게 가서 아들에겐 말하지 않았음을 알렸다. 사장도 이해하는 눈치다.

곧 직원 한 명이 사진 속 푸들을 데리고 와 아들의 품에 안겨준다. 아주 작은 푸들. 털은 검은색과 회색이 오묘하게 섞여 있다. 사진 속 그대로이다.

품에 안긴 푸들은 털끝 하나 움직이지 않는다. 마치 인형처럼. 그 모습을 신기해하며 웃는 것을 보니, 아들은 이미 푸들이 뿜어 내는 강한 매력에 깊이 빠져 버렸다.

"마음에 드니?"
"응, 아주 예뻐."
"그럼 데리고 갈까?"
"응, 그런데 안 비싸?"
"원래 비싼 강아지인데, 사장님이 많이 할인해 주셨어."
"그럼, 데리고 빨리 가자."

그 순간…

숍 문이 활짝 열리며 환한 빛이 들어온다. 그리고 그 환한 빛 속에 우리가 그렇게 기다리고 기다리던 메이가 들어온다. 직원이 목줄을 잡고 있어서, 우리를 향해 달려오고 싶은 강렬한 의지는 허공에서 움직이고 있는 앞발의 헛발질로 해소된다. 기쁨이 격할 수록 치는 세기가 강하다.

"아빠, 저 강아지 누구야?"

'아니 삼 주 사이에 이렇게 커져 버릴 수 있단 말인가? 메이 아

닌 것 아냐?'

내가 생각했던 것보다도 너무 커져 버려서, 정말 메이인지 믿기지 않는다. 그러나 메이의 머리 위에 있던 흰 점이 똑같고, 나와 아들을 향해 달려오고자 하는 저 간절함은 무조건 메이이다.

직원이 줄을 놓아 주자마자 아들에게 달려가 앞발을 들어 몸을 강하게 친다. 그러고 나서 나를 보더니 있는 힘껏 달려와 아들에게는 없었던 공중 점프를 추가해서 나를 최대한 강하게 치고 내려온다. 그동안 너무 보고 싶었던 메이식의 거침없는 하이파이브…! 기쁨이 격할수록 치는 세기가 강하다.

"아빠, 메이 맞네! 누가 메이 데려갔었어?"

아들의 목소리를 들어 보니 이미 울고 있다.

'아들의 마음속에 분노가 상당했구나.'

그렇게 나와 아들 그리고 숍 직원들은 모두 기쁨의 눈물을 보이며, 메이를 맞이하고 있다.

"살아 돌아왔다. 우리 메이…."

Chapter 21

인연

한참을 기뻐하며 서로에게 고마움을 표하던 그때, 아들은 나에게 안고 있던 푸들을 가리킨다. 그 모습을 숍 사장이 옆에서 보았다.

"푸들은 숍에 놓고 가세요. 메이를 찾았으니 정말 다행이죠. 우리 모두 기뻐요. 푸들은 안 데리고 가셔도 괜찮아요."

내 인생에서 중요한 결정을 해야 하는 순간이다. 숍에는 메이를 찾기 위해 전단을 돌렸던 직원들, 푸들을 데리고 오기 위해 노력했던 직원들 그리고 푸들을 안고 있는 아들과 안겨 있는 푸들, 그 푸들을 빤히 쳐다보는 메이가 있다. 모두 나의 결정을 숨죽여 기다린다.

"푸들도 데려갈게요. 메이가 집을 나가서 푸들을 들이기로 한 거잖아요. 메이가 누나고 푸들은 남동생이겠네요. 집 나간 딸 덕

분에 아들이 하나 더 생겼네요. 이 두 강아지는 인연이 있는 것
같아요."

"네, 맞아요. 이 두 강아지는 인연이 있습니다. 잘 결정하셨어
요. 그리고 고마워요."

숍 직원을 대표하여 사장이 나의 결정에 고맙다는 인사를 건넨
다. 나는 푸들을 분양받기 위해 미리 준비한 돈을 사장에게 건네
고, 푸들과 메이를 모두 데리고 집으로 향한다. 메이와 푸들은 차
에서부터 부비고 핥고 난리다.

"아빠. 엄마한테 말 안 했는데 괜찮겠지? 엄마가 이해해 주겠
지?"

모처럼 웃음꽃이 활짝 핀 아들의 얼굴에 가장으로의 막중한 임무를 잘 지켜냈음을 느낀다.

"아빠도 그게 걱정이긴 해. 작전이 필요해."

나와 아들은 차 안에서 와이프를 설득하기 위한 다양한 작전을 구사한다. 집에 도착한 후, 우리의 작전대로 아들이 먼저 푸들을 데리고 집으로 들어가 보여 준다. 그리고 나는 30분 정도를 밖에서 기다리다 메이를 데리고 집으로 들어가, 와이프를 놀래기로 했다.

아들이 들어가고 30분 후, 나는 메이를 데리고 그때 그 엘리베이터를 타고 집 현관 앞에 도착했다. 현관문이 열리자마자 메이는 쏜살같이 달려 들어가 와이프를 찾는다.

와이프는 작은 푸들을 위해 창고 깊숙이 넣어둔 메이의 짐들을 쭈그려 앉아 하나하나 닦고 있다. 짐들을 볼 때마다 떠오르는 메이와의 추억을 생각하며….

메이는 와이프의 냄새를 기억하는지 단번에 와이프가 있는 창고로 들어가 와이프의 등 뒤에서 얼굴로 엉덩이를 툭 친다. 아무런 반응이 없자 메이는 다시 얼굴로 엉덩이를 강하게 들이박는다.

와이프는 뒤에서 자꾸 뭔가 본인을 치자 결국 뒤를 돌아보았다.

"악~~~~~!"

돌고래 소리가 한참 나오더니 이윽고 엉엉 울기 시작한다.

"메이야, 엄마가 잘해 줄게···. 살아 돌아왔구나. 고마워, 메이야. 미안하고 사랑해···."

꼬박 두 시간을 울었다. 메이만 부여잡고….

Chapter 22

Beautiful Kiss

두 시간이 지나서야 가팔랐던 와이프의 숨소리가 안정을 되찾으며, 앞으로 메이에게 최선의 케어 서비스를 해 줄 거라고 한다. 그 말은 우리 집 우선순위에서 내가 몇 번째인지는 모르겠으나, 어찌 되었든 내가 한 단계 내려가야 한다는 말이기도 하다. 그리고 작은 푸들까지 와이프의 사랑을 차지한다면, 난 두 단계를 내려가야 한다.

그리하여 매서운 눈빛으로 푸들을 경계하고 있을 때, 와이프는 푸들의 이름을 지어 주자고 한다. 작은 푸들의 아름다운 털 색깔과 지치지 않고 부리는 애교는 우리 가족의 사랑을 금세 자기의 것으로 만들었다.

오랜만에 온 가족이 즐겁게 모여 회의를 한다. 메이의 이름을 지을 때처럼 다양한 후보가 나온다. 그리고 나도 의견을 내려고

하는 순간, 와이프는 나를 제재한다. 메이 이름을 제대로 못 지었다는 이유이다. '없다'라는 단어와 동음인 것을 알면서도 밀어붙였던 나의 과오에 대한 보복이다.

그래도 의리는 늘 둘째의 몫이다.

"아빠도 고생했는데, 아빠도 같이해. 그래야 가족이지."

덕분에 나는 며칠 전부터 생각하고 있는 의견을 내놓는다.

"메이는 중국 이름이니, 푸들은 한국 이름으로 하는 게 어때?"

"좋아! 좋은 생각이야."

가족들이 모두 찬성한다.

"그럼 한국 이름으로 뽀뽀 어때?"

와이프와 아들들은 뽀뽀라는 이름이 작은 푸들과 너무 잘 어울린다며 좋아한다.

"자, 그럼 푸들의 이름은 뽀뽀임을 선언합니다. 땅땅땅!"

그렇게 해서 우리 집 강아지의 이름은 메이와 뽀뽀이다. 흰색인 프렌치불도그 암컷은 메이, 검은색과 회색이 섞여 있는 작은 푸들은 뽀뽀.

늦은 시간까지 메이와 뽀뽀의 재롱을 보며 맛있는 음식과 함께 즐거운 시간을 즐긴다. 정말 오랜만에 시원한 맥주도 들이켜 본다. 메이가 나갔다가 들어와서인지 가족이 메이를 대하는 것이 전과는 완전히 다르다.

오랜만에 뿌듯한 마음으로 침대에 몸을 던져 발 뻗고 잘 수 있겠다 싶을 때, 와이프는 그 어느 때보다도 부드러운 음성으로 나에게 말을 건다.

"범… 메이하고 뽀뽀, 영어 이름이 뭔지 알아?"
"영어 이름도 있어? 뭔데?"
"그거 생각하고 뽀뽀라고 했던 거 아니었어?"
"아니? 그냥 하나는 중국어, 다른 하나는 한국어 발음으로 하면 좋겠다 싶었지. 우리가 중국에 사니까. 근데 영어 이름은 또 뭔데?"
"Beautiful Kiss."

메이는 중국어로 아름답다는 뜻이기 때문에, 메이와 뽀뽀의 영어 이름은 우연히 Beautiful Kiss가 되었다. Beautiful Kiss의 세상이 시작되는 순간이다.

그리고 와이프는 조용히 나에게 속삭였다.

"고생했어, 범~~"

Chapter 23

에필로그

〈아래는 일부 사실을 바탕으로 본인이 유추한 내용이 포함되어 있어, 사실과 다를 수도 있음〉

메이는 나와 헤어진 후, 어느 사람의 스쿠터를 타고 강아지를 판매하는 사람에게 건네졌다. 그리고 그 판매자는 새로운 메이의 주인을 찾았고, 새로운 주인은 대가를 치르고 메이를 데려갔다.

숍 사장은 광동성에서 강아지 키우는 사람들의 위챗 그룹 방 및 각종 SNS상에 전단을 뿌렸다. 어느 날 메이의 새로운 주인은 핸드폰으로 전단 사진을 받았다. 그 전단 안에 메이의 사진이 있었고, 사진 속의 강아지가 지금 자기 앞에 있는 강아지가 아니길 바랐다. 하지만 마음은 어디인지 불편하다.

경찰은 계속해서 메이를 데려간 영상 속의 스쿠터 운전자를 찾고 있었다. 그러던 중 그 운전자의 귀에 경찰이 찾고 있다는 소식이 전해졌다. 그 운전자는 일단 몸을 피한 것 같고, 자기가 메이를 넘겼던 그 판매자에게 이 사실을 알렸다. 판매자는 두려운 마음에 메이의 새 주인에게 이 사실을 알렸다.

가뜩이나 불편했던 새 주인은 경찰 또한 메이를 찾는다는 소식을 접하자 바로 핸드폰을 열어 전화를 걸었다. 전단 속의 그 전화번호로….

전화를 받은 숍은 바로 직원을 보내서 메이를 확인하고 숍으로 데리고 왔다. 그렇게 메이는 우리 곁으로 다시 돌아올 수 있었다. 많은 사람이 못 찾을 거라고 포기하라고 했던 메이가 건강히 살아서 돌아온 것이다.

메이가 돌아오게 된 배경을 듣고 이해한 첫째와 둘째는 바로 이렇게 말한다.

"아빠, 앞으로 중국을 위한 일이 있으면 저는 최선을 다해서 도울 거예요. 메이를 찾게 도와준 중국 사람들에게 은혜를 갚아야지요."
"저도요."

양국의 미래가 밝아지는 순간이다.